Paul Auster
entdeckt
Charles Reznikoff

Lyrik im EUROPA VERLAG

Aus dem Amerikanischen von
Andrea Paluch und Robert Habeck

*

PAUL AUSTER

entdeckt

CHARLES REZNIKOFF

*

EUROPA VERLAG
HAMBURG · WIEN

»Lyrik im Europa Verlag«
wird herausgegeben von Axel Marquardt

Die Deutsche Bibliothek – CIP-Einheitsaufnahme

Ein Titelsatz für diese Publikation ist bei
Der Deutschen Bibliothek erhältich.

Deutsche Erstausgabe

Umschlaggestaltung: Kathrin Steigerwald, Hamburg
Foto: Karl Blossfeldt
Innengestaltung: Utesch GmbH, Hamburg
Druck und Bindung: Wiener Verlag, Himberg bei Wien
ISBN 3-203-84305-6

Information über unser Programm erhalten Sie beim
Europa Verlag, Neuer Wall 10, 20354 Hamburg
oder unter www.europaverlag.de

Einleitung
von Paul Auster

Das erinnert mich an etwas, das einmal meiner Mutter passiert ist …

1974 schlug mir Anthony Rudolf vor, einen Beitrag für das Londoner Magazin *European Judaism* zu schreiben. Die Ausgabe war Charles Reznikoff zum achtzigsten Geburtstag gewidmet. Ich hatte die letzten vier Jahre in Frankreich gelebt und die kleine Studie, die ich über Reznikoffs Arbeit verfaßte, war das erste, was ich nach meiner Ankunft in Amerika schrieb. Es schien ein guter Weg, meine Rückkehr anzuzeigen.

Im Spätsommer bezog ich eine Wohnung im Riverside Drive. Nachdem ich den Artikel fertiggestellt hatte, entdeckte ich, daß Reznikoff ganz in der Nähe wohnte – in der West End Avenue – und ich schickte ihm eine Kopie des Manuskripts, nebst einem Begleitbrief, in dem ich ihn fragte, ob wir uns einmal treffen könnten. Einige Wochen verstrichen ohne Antwort.

An einem Sonntag im frühen Oktober heiratete ich. Die Zeremonie sollte in meiner Wohnung um zwölf Uhr mittags stattfinden. Um elf Uhr, nur Augenblicke bevor die Gäste kamen, klingelte das Telefon und eine mir unbekannte Stimme fragte, ob ich zu sprechen sei. »Hier ist Charles Reznikoff«, sagte die Stimme in einem singenden Tonfall. Ironie schwang mit und die gute Laune war offensichtlich. Ich war natürlich erfreut und geschmeichelt von dem Anruf, aber ich erklärte, daß es für mich ganz unmöglich sei, jetzt zu reden. Ich wolle gleich heiraten und sei nicht in der Lage, einen klaren Satz zu formulieren. Reznikoff amüsierte das sehr und er fing an zu lachen: »Ich habe noch nie jemanden an seinem Hochzeitstag angerufen!« sagte er. » Mazel tov! Mazel tov!« Wir verabredeten uns für die nächsten Woche zu einem Treffen in seiner Wohnung. Dann legte ich den Hörer auf und marschierte Richtung Altar.

Reznikoffs Wohnung lag im zweiundzwanzigsten Stockwerk eines großen Gebäudekomplexes mit breitem, unverdorbenem Blick auf den Hudson und sonnendurchfluteten Fenstern. Ich besuchte ihn gegen Mittag. Mit einem ziemlich trockenen Streuselkuchen vor mir und unzähligen Tassen Kaffee verbrachte ich schließlich drei oder vier Stunden dort. Der Besuch machte solch einen Eindruck auf mich, daß die Erinnerung daran selbst jetzt, fast zehn Jahre später, noch quicklebendig in mir ist.

Ich habe einige gute Geschichtenerzähler in meinem Leben getroffen, aber Reznikoff war der Beste. Einige seiner Geschichten an diesem Tag dauerten dreißig oder vierzig Minuten, und egal wie weit er von dem Punkt, um den es ihm wahrscheinlich ging, abschweifte, behielt er doch die totale Übersicht. Er hatte die Geduld, die für das Erzählen einer guten Geschichte nötig ist – und die Gabe, auch das kleinste, nebensächlichste Detail auszukosten. Was im ersten Moment wie eine endlose Reihe von Abschweifungen aussah, eine Art zielloses Umherschweifen, stellte sich als elaborierte und systematische Konstruktion eines Kreises heraus. Ich fragte zum Beispiel: »Warum sind Sie nach New York zurückgekommen, nachdem Sie in Hollywood gelebt haben?« Als Antwort folgte eine Myriade kleiner Zwischenfälle: das Treffen mit dem Bruder eines bestimmten Mannes auf einer Parkbank, irgend jemandes Augenfarbe, die ökonomische Krise in irgendeinem Land. Eine Viertelstunde später, gerade als ich aufgeben wollte – und überzeugt war, Reznikoff hätte sich in seinen Fäden ebenfalls hoffnungslos verstrickt – rollte er seine Geschichte langsam von hinten auf. Dann, mit großer Klarheit und Überzeugung, verkündete er: »Deshalb verließ ich Hollywood.« Nachträglich war alles vollkommen schlüssig.

Ich hörte Geschichten von seiner Kindheit, seiner abgebrochenen Karriere als Journalist, seinem Jurastudium, dem Jobben für seine Eltern als Hutverkäufer, und wie er Gedichte auf einer Bank bei Macys schrieb, während er darauf wartete, daß er an die Reihe kam, dem Kaufhausvertreter seine Modelle zu zeigen. Es gab auch Geschichten über seine Sapziergänge – besonders über seine Reise von New York nach Cape Cod (zu Fuß!), die er unternahm, als er gut über sechzig war. Das wichtigste war, erklärte er, nicht zu schnell zu gehen. Nur indem er sich zwang, einen Schritt von weniger als 4 km/h beizubehalten, konnte er sicher sein, all das zu sehen, was er sehen wollte.

Bei meinem Besuch an diesem Tag brachte ich ihm ein Exemplar meines ersten Gedichtbandes *Unearth* mit, der gerade erschienen war. Das Buch war der Auslöser für eine Geschichte Reznikoffs, die mir, besonders im Licht der schrecklichen Ablehnung, die sein Werk so viele Jahre erfuhr, bezeichnend wie keine zweite erscheint. Er erzählte mir, daß sein erstes Buch 1918 von Samuel Roth verlegt worden war (der später berühmt werden sollte, weil er *Ulysses* unerlaubt nachdruckte und wegen seiner Rolle während der Gerichstverhandlung über Joyces Buch 1933). Der bekannteste amerikanische Dichter zu dieser Zeit war Edwin Arlington Robinson, und Reznikoff hatte ihm ein Exemplar seines Buches geschickt, in der Hoffnung, der große Dichter würde ihm irgendein Zeichen der Ermutigung zukommen lassen. Eines Nachmittags besuchte Reznikoff Roth in seinem Buchladen und Robinson kam herein. Roth ging zu ihm, um ihn zu begrüßen und Reznikoff, der am anderen Ende des Raumes stand, wurde Zeuge der folgenden Szene. Roth zeigte stolz auf den Stapel von Reznikoffs Büchern, der in der Auslage lag, und fragte Robinson, ob er die Arbeiten dieses begabten jungen Dichters kenne. »Ja, ich habe das Buch gelesen«, sagte Robinson mit barscher, feindlicher Stimme, »und ich denke, es taugt nichts!«

»Und deshalb«, sagte Reznikoff 1974 zu mir, »habe ich Edwin Arlington Robinson nie getroffen.«

Erst als ich meinen Mantel anzog und im Begriff war zu gehen, sagte Reznikoff etwas zu dem Aufsatz, den ich ihm geschickt hatte. Er war in einem sehr dichten und kryptischen Stil verfaßt, und mühte sich mit Sachverhalten ab, die Reznikoff wahrscheinlich niemals im Sinn gehabt hatte, und ich hatte keine Ahnung, wie er reagieren würde. Wegen seines Schweigens über den Artikel während unserer langen Unterhaltung, war ich zu der Überzeugung gekommen, daß ihm der Aufsatz nicht gefallen hatte.

»Wegen Ihres Artikels« sagte er aus heiterem Himmel. »Er erinnert mich an etwas, das einmal meiner Mutter passiert ist. Ein Fremder kam eines Tages auf der Straße auf sie zu und machte ihr sehr höflich und kultiviert Komplimente wegen ihres schönen Haares. Nun müssen Sie wissen, daß meine Mutter sich niemals viel auf ihre schönen Haare eingebildet hat und nicht dachte, daß sie eines ihrer hervorstechendsten Merkmale waren. Aber wegen der eindringlichen Bemerkung des Fremden verbrachte sie den Rest des Tages vor dem Spiegel, machte ihr Haar zurecht und putzte es heraus und bewunderte es. Genau das hat Ihr Aufsatz bei mir ausgelöst. Ich stand den ganzen Nachmittag vor dem Spiegel und bewunderte mich.«

Einige Wochen später erhielt ich einen Brief von Reznikoff über mein Buch. Er war voll des Lobes und die zahllosen Zitate aus den Gedichten überzeugten mich, daß er ernstgemeint war – daß er sich tatsächlich die Zeit genommen und mein Buch gelesen hatte. Nichts hätte mir mehr bedeuten können.

Ein paar Jahre nach Reznikoffs Tod erreichte mich ein Brief aus La Jolla, den ein Freund geschrieben hatte, der für das American Poetry Archive in der Bibliothek der University of California arbeitete, an das Reznikoffs Nachlaß kürzlich verkauft worden war. Mein Freund berichtete mir, daß er beim Durchsehen des Materials auf einen Band Reznikoffs von *Unearth* gestoßen war. Überraschenderweise war das Buch voll von unzähligen kleinen Einträgen am Rand, und es wimmelte von Betonungszeichen, die Reznikoff in alle Gedichte eingetragen hatte, um sie richtig zu skandieren und ihren Rhythmus zu verstehen. Unfähig etwas zu tun oder zu sagen, dankte ich ihm von der anderen Seite des Grabes.

Wo auch immer Edwin Arlington Robinson nun sein mag, ich bin sicher, daß Reznikoff besser aufgehoben ist.

Aus: Rhythms (1918)

Auf der Brooklyn Bridge sah ich einen
   Mann tot umfallen.
Er hätte auch ein Spatz sein können.

Über uns erhob sich Manhattan;
unten erstreckte sich der Fluß, um
   Himmel und Meer zu begegnen.

*

Die Verkäuferinnen verlassen
ruhig ihre Arbeit.

Maschinen sind still, Tische und Stühle
werden dunkel.

Die leisen Runden der Mäuse und
   Schaben beginnen.

*

Wie sollen wir um dich trauern, der du
   getötet und vergeudet bist,
sicher, daß du nicht sterben würdest,
   solange deine Arbeit unvollendet ist,
als wenn die eiserne Sense im Gras für
   eine Blume innehalten würde?

*

Die Finger deiner Gedanken
formen dein Gesicht
unaufhörlich.

Die kleinen Wellen deiner Gedanken
waschen dein Gesicht
schön.

*

Die weißen Zähne der See
nagen am Fels;
der Fels ist ein Mann,
furchtlos.

Sie ißt seine Kraft
Stück für Stück.
Seine Macht wird in ihren Tiefen
verloren sein.

*

Nach getaner Arbeit lehne ich mich
auf das Fensterbrett,
betrachte die tropfenden Bäume.
Der Regen ist vorbei, das nasse Pflaster
glänzt.
Von den kahlen Zweigen
hängen Tropfenreihen wie glänzende
Knospen.

Aus: Rhythms II (1919)

Der Winternachmittag neigt sich dem
 Ende.
Der Schuhmacher beugt sich dicht
über den Schuh,
 sein Hammer schlägt schneller.

*

Der Park im Winter

Es regnet.
Die Ulmen wölben sich zu Wolken aus
 Zweigen.
Der Rasen ist leer.

*

Früh dunkel und nur der Fluß
 schimmert
wie graues Eis, die Schiffe fest vertäut.

Seuche

Bänder aus Krepp träge vor
   Türen.

*

Die gebieterische
Dämmerung kommt
   mit dem Klirren von
   Milchflaschen
und rundschultrigen
   Spatzen, die zwitschern.

*

Wir hörten keinen Schritt
   im Flur.
Sie kam
   plötzlich wie ein
   Regenbogen.

*

Zwielicht

Keine Sterne
im blauen Bogen
der Himmel,
kein Wind.

Weit weg
ein weißes Pferd
im grünen Dunkel
der Wiese.

Aus: Poems (1920)

Alte Männer und Jungen durchsuchen
den nassen Müll mit Fingern
und stecken Stücke in Tüten.

Dieser dicke alte Mann hat das harte
Ende eines Brotes gefunden
und beißt hinein.

*

Der Hausierer, der von Laden zu Laden
geht,
hat sich auf die Stufen im dunklen
Korridor gesetzt,
und den Korb voller Äpfel auf seinen
Knien, atmet er den Duft.

*

Einen zerissenen Ärmel zeigend, mit
steifen und zittrigen Fingern,
reißt der alte Mann ein Stück vom
Bratapfel ab, vor Zucker
schimmernd,
ißt mit Ehrfurcht das Essen, den
großen Tröster.

*

Die Zweige färben den Winterhimmel
braun.

*

Ein schlanker Baum, allein auf den
    Feldern,
wie ein flacher Berg zwischen den
    Dächern der Stadt und den Wäldern.

Draußen
werden die Vögel schwach belauscht.

*

August

Die Stadt brandet in Häusern Richtung
Meer, unruhig mit Wellen.
In den Straßen stampfen Lastpferde,
deren Muskeln unter dem
dampfenden Fell spielen,
Funken, die um ihre Hufe fliegen.

*

Kinder, die in den Straßen neben
großen Häusern gierig spielen,
an Uhren gemahnend, die Hauskatzen
schlecken Zeit.

*

Schiffe, in das trübe Grün des Meeres
geschleppt,
sichtbare Winde reißen Häuser
auseinander –
und hier heben die Wurzeln der Pappel
das Pflaster ein paar Zentimeter an.

*

Stunde um Stunde in einem
Schaukelstuhl auf der Veranda,
höre ich den Wind in den
Schattenbäumen.

Manchmal kommt ein Sturm auf, und
der Staub wird in langen Kurven die
Straße entlang geblasen,
über die langsam gefahrenen Karren,
die Kutscher und Pferde nicken.

Jahre werden weggeworfen, als wäre
ich unsterblich,
die Nächte mit Reden verbracht,
leuchtende Worte manchmal wie
Glühwürmchen in der Dunkelheit –
aufleuchtend und verlöschend und
nach alledem kein Licht.

*

Aphrodite Urania

Das unaufhörliche Weben des rauhen
Wassers.

*

Mondhelle Nacht

Die Schatten der Bäume liegen in
schwarzen Pfützen auf dem Rasen.

*

April

Die starren Linien der Zweige
verwischt von den Knospen.

*

Ich habe Bäume gesehen und den
Mond und bin weiter gegangen.
Sie wäre die Schönheit, die mich
überallhin begleiten soll.

*

Noch immer viel zu lesen, aber zu spät.
Ich lösche das Licht.

Die Blätter des Baumes sind grün
neben der Laterne,
der Wind bläst kaum und der Baum
macht kein Geräusch.

Morgen früh raus,
die überfüllte Straßenbahn, die Fabrik.

Aus: Uriel Accosta: A Play and A Fourth Group of Verse (1921)

Verängstigte Hunde schauen mit
geduldigen Augen zurück;
an Fenstern beugen sich alte Frauen,
eingewickelt in Tücher;
alte Männer, runzlig wie Knöchel, auf den
Plätzen.

Eine Hündin, Rückgrat und Rippen unter
dem schlängelnden Rücken zu sehen,
schnüffelte nach Futter, ihr geschwollenes
Euter schleifte fast über das Pflaster.

Einmal öffnete eine zahnlose Frau ihre Tür,
kaute eine Scheibe Speck, die ihr aus dem
Mund hing wie eine Zunge.

Dort ging ich Nacht für Nacht entlang.
Dort verbrachte ich spazierengehend viele
Jahre.

*

Die Bettlerin

Als ich vier Jahre alt war, führte meine
Mutter mich in den Park.
Die Frühlingssonne war nicht sehr warm.
Die Straße war fast leer.
Die Hexe aus meinem Märchenbuch ging
vorbei.
Sie bückte sich, um ein paar schimmlige
Weintrauben aus der Gosse zu fischen.

*

Nieselregen

Zwischen Fabriken schlängelt sich das Fett
den Fluß entlang.
Schlepper ziehen ihre Gedärme aus Rauch
hinter sich her wie zertretene Käfer.

*

Aus den Bergen wuchern die Bäume.
Der Himmel hängt in Wolkenwülsten.

*

Gebeugten Kopfes unter ihrem schwarzen
Turban, blickt sie flüchtig zu ihrer
Tochter auf,
die sich im Spiegel betrachtet, gelbes Haar
und schönes Gesicht.

*

Dieser Lärm in der U-Bahn wird sich nicht
lauter anhören als der Wind in Bäumen;
auch du wirst dich daran gewöhnen. Nach
einer Weile wird es dir egal sein,
ob du in der U-Bahn oder auf Pferden
unterwegs bist.

*

Abend

Die Bäume auf dem windstillen Feld
wie eine schlafende Herde.

*

Er zeigte mir das Album. »Und das?«
fragte ich, überrascht von solcher
Schönheit.
Ich kannte seine Schwester. Ihr
Gesicht war in gewisser Weise das
des Bildes – gröber geworden.
»Meine Mutter vor ihrer Hochzeit.«
Als ich reinkam, war ich
ihrem verwelkten Gesicht und ihren
schlaffen Schultern begegnet.
Nun, nach der Arbeit des Tages, schrie
sein Vater beim Kartenspiel mit
Freunden
noch immer den Gang der Geschäfte
heraus.
Später, als ich ging, mußte ich durch
ihren Süßwarenladen,
mit seiner einzigen Bonbon-Auslage,
in kleinen Haufen auf kleinen
Untertassen, sehr, sehr viele für
einen Penny.
Sie hatten kein Licht im Fenster. Eine
einzige Gasflamme flackerte im
leeren Laden.

*

Ihr Pensionsgast war vor seiner Frau und den Kindern nach Amerika gekommen.
Er saß am Tisch und arbeitete in einem Englischbuch für Anfänger.
In einem mitleidigen Moment fing sie an, ihn zu unterrichten.
Einmal, als ihre Mutter auf dem Markt war, ergriff er ihre Hand und streichelte sie.
Sie riß sie weg. Sie versuchte mit dem Unterricht weiterzumachen, als ob nichts geschehen wäre,
aber eine ganze Zeit lang konnte sie ihr Herz schlagen hören.
Sie beschloß, ihrer Mutter nichts zu sagen, weil es sie beunruhigen würde.
Vielleicht war es nur eine Art, seine Dankbarkeit zu zeigen. Außerdem schämte sie sich.
Am nächsten Abend setzte er sich zu seinem Unterricht, als ob nichts passiert wäre;
der Unterricht ging ruhig weiter, selbst wenn ihre Mutter weg war.

Eines Abends wäre sie fast bei ihrer Arbeit durch die Küche getanzt, sie hatten am Morgen ihre letzte Prüfung gehabt,
die Schule würde bald schließen und die Sommerferien würden
beginnen.
Am Nachmittag war sie in den Central Park gegangen. Die Mädchen

flitzten über die Wiese, laut wie
Vögel in der Dämmerung.
Nach dem Essen setzten sie und der
Gast sich zu ihrem Unterricht
zusammen.
Ihre Gesichtsfarbe und die Farbe ihrer
Augen waren tiefer geworden. Sie
lächelte und hielt ihr Gesicht im
Lehreifer dicht an seines.
Ihre Mutter ging spazieren, um nach
einem Tag im Laden Luft zu
schnappen.
»Es ist so schön draußen, warum
kommst du nicht mit?« »Ich bin
gleich fertig, Mama.«
Seine Hand lag auf der Lehne ihres
Stuhls. Er zog sie an sich. Sie
versuchte, sich zu befreien
und drehte ihren Kopf weg.
Er küßte ihren Hals immer wieder,
seine Hände versuchten ihre Arme
niederzudrücken.
Plötzlich wurde sie schlaff. Er ließ los.
Sie starrte ihn an, ihr Mund offen,
keuchend.
Sie hatte ihren Stuhl weggestoßen
und rannte aus der Tür.
Sie wunderte sich, daß sie nicht
stürzte, so schnell wie sie die Stufen
hinablief.

*

Auf dem Gymnasium mochte sie Latein und
die Ausgeglichenheit der Algebra.
Ihre Mutter war vor vielen Jahren gestorben
und ihr Vater hatte wieder geheiratet.
Die neue Frau war um ihren Mann besorgt.
»Ein Arbeiter – hat er das Einkommen,
um einem Mädchen solch eine
Ausbildung zu ermöglichen?«
Sie nahmen sie von der Schule und
besorgten ihr einen Job als Buchhalterin.

Ein Student von einer der Universitäten,
den sie vom Gymnasium kannte, begann
sie zu besuchen.
Sie selbst hatte gelesen, aber Abende sind
zu kurz; außerdem war ihre Lektüre
planlos.
Sie redeten über Bücher, die er kannte, und
was an seinen Seminaren gut war.
Ihre Stiefmutter und ihr Vater sagten, »Es
wird Jahre dauern, bis er fertig studiert
hat und Geld verdient. Wenn er heiraten
kann, bist du zu alt. Er verschwendet
deine Zeit.«
Es war nutzlos mit ihr zu reden, aber sie
sprachen mit ihm und er hörte auf
vorbeizukommen.

Ein Vertreter, von Beruf gut gelaunt, stellte
sich bei ihrem Vater vor. Eine gute Partie,
sagten sie alle.
Außerdem war es zu Hause ungemütlich
mit einer nörgelnden Stiefmutter.

*

Sein Vater schnitzte Regenschirmgriffe. Doch als Regenschirmgriffe von Maschinen hergestellt wurden, gab es nur noch einen Mann, für den sein Vater arbeiten konnte.
Der Lohn war gering, obwohl es einmal ein einträgliches Gewerbe war.
Sie lebten im ärmsten Teil des Ghettos, in der Nähe der Grundstücke, wo Leute Müll abladen.
Sein Vater war besorgt, daß sein Sohn auf der Schule bleiben und einmal aus dem Elend rauskommen sollte, in dem er selbst steckte. »Wissen ist die beste Ware«, sagte er.
Sein Vater starb; für seine Mutter mußte gesorgt werden. Er unterrichtete in einer Schule im Ghetto.
Einige Schüler kamen um neun und blieben bis drei; andere kamen nach der staatlichen Schule und blieben bis zum Abend. Die meisten Schüler kamen am Abend.
Die Stunden waren voll, dauerten ein paar Monate, Schüler wie Lehrer ängstlich darauf bedacht, den Stoff so bald wie möglich los zu sein.
So arbeitete er Tag und Nacht, wochentags und sonntags.

Seine Mutter war tot. Es war kalt auf der Straße und windig. Ein trockener Schnee war gefallen und die Füße der Passanten verwandelten ihn in braunen Sand.

Er war vierzig.

Nun war er frei. Was zu tun? Er kannte keine, die er gerne geheiratet hätte. Und wer würde ihm in seine Armut folgen?

Wenn er seine Arbeit, die er so gut kannte, aufgeben würde, was sonst könnte er dann tun?

Er würde einfach weiter machen. Er hatte diese Welt verloren und wußte, es gab keine andere.

*

Beide Töchter hatten gut geheiratet; ihre Männer verdienten genug und jedes Jahr mehr.

Das Geschäft ihres Mannes lief gut und sie hatten alles, was zwei ältere Leute sich wünschen.

Ihre jüngere Tochter starb im Kindbett.

Ihr Mann war schon lange vorher in
seinen Laden gegangen.
Sie wickelte ihren Kopf und ihre
Schultern in ihren Schal, knüpfte
ihre Gedanken.
Schließlich stand sie auf und goß sich
einen Brandy ein.
Wenn sie hinausging, steckte sie eine
Brandyflasche in ihre Tasche, um auf
Toiletten daran zu nippen.

Ihre andere Tochter starb im Kindbett.
Ihr Schwiegersohn heiratete wieder.
Die neue Frau nahm die älteren
Kinder von der Schule und schickte
sie arbeiten.
Sie wurden grob; ihr Haus war voller
Zank.

Ihre Großmutter war nun in einer
Anstalt.
Ihr Mann kam sie besuchen. Einmal sah
er die geisteskranken Kinder auf dem
Hof spielen.
»Warum weinst du?« fragte sie. »Um sie
weinst du, aber nicht um mich...
Ich wetze ein Messer, um meine Enkel
zu töten, aber nicht dich:
Du mußt für meinen Aufenthalt hier
zahlen.«

Aus: Five Groups of Verse (1927)

Ich ermahne euch, Lippen und Zähne,
paßt auf meine Zunge auf:
Schweigen ist überall ein gesetzliches
Zahlungsmittel.

*

Ich habe einen Streit mit der Uhr.
Schnell, schnell!
Diese belanglosen Sekunden füllen
die Becken unserer Leben bis zum
Überlaufen,
und wir werden in den Abfluß
und die Rohre des Todes gekippt.
Wie wild sie an diesem schönen
Morgen tickt.
Sonne, von allen, die lebten, hat Gott
nur Josua sein Ohr geliehen,
wie soll ich hoffen, daß er mir zuhören
wird?

*

Herbstnacht

Der Asphalt schlängelt sich
um die Bäume, die Wiesen, den See
herum;
tausende von Lichtern leuchten
zwischen den Bäumen,
und in den Kreisen darunter
ist das Gras hellgrün;
aber all diese Lichter wärmen den Wind
nicht.

*

Wie geizig dieser Busch ist:
warum verkriechst du dich hinter einem
Zaun,
klammerst dich an deine kleinen
Kupferblätter?
Traust du dem Frühling nicht?

*

Aus dem Nebel fliegt langsam eine
Möwe
und ist im Nebel verschwunden. Die
Gebäude sind nur Wolken.

*

Ein Stern zieht im Zwielicht seine
Bahn,
den ganzen Himmel für sich.

*

Wie schwierig Hebräisch für mich ist:
selbst das hebräische Wort für *Mutter*, für
Brot, für *Sonne*
ist fremd. Wie weit wurde ich verbannt,
Zion.

*

Ich habe den hebräischen Segensspruch vor
dem Brotessen gelernt;
gibt es keinen Segensspruch vor dem
Hebräisch lesen?

*

Meine Gedanken sind wie das alte
Hebräisch geworden
in nur zwei Zeiten, Vergangenheit und
Zukunft –
ich war und ich werde mit dir sein.

*

Gott sah Adam in einer Stadt
ohne Blumen und Bäume und Felder, die
man betrachten kann,
und gab ihm so Eva,
um all dies zu sein.
Es gibt kein solches Möbel für ein Zimmer
wie eine schöne Frau.

*

Die Sonne schien in den kahlen, nassen
Baum hinein;
er wurde zu einer Pyramide gekreuzter
Lichtstrahlen,
und in jedem Winkel nistete das Licht.

*

Nachdem ich den ganzen Tag für
meinen Lebensunterhalt gearbeitet
hatte,
war ich müde. Nun hat meine eigene
Arbeit einen weiteren Tag verloren,
dachte ich, fing aber langsam an,
und langsam kehrte meine Kraft zu mir
zurück.
Gewiß, die Flut kommt zweimal am
Tag.

Aus: Jerusalem the Golden (1934)

Das Hebräisch deiner Dichter, Zion,
ist wie Öl auf einer Brandwunde,
kühl wie Öl;
nach der Arbeit
der Geruch in den nächtlichen Straßen
nach der blühenden Hecke.
Wie Salomon
habe ich die Sprache von Fremden
geheiratet und geheiratet;
keine ist wie du, Sulamit.

*

Schamloser Mond, nackt auf dem
wolkenlosen Himmel,
zeigst deine rosige und silberne Brust
der ganzen Stadt.

Jeder wie ein König David, planen wir
Geschäfte, und da
mußt du auf einem Dach in der Lache
des Abends baden,
Bathseba.

*

Von meinem Fenster konnte ich den
Mond nicht sehen,
und doch schien er:

der Hof zwischen den Häusern –
schneebedeckt,
ein Rechteck in der Dunkelheit.

Der Wind bläst den Regen in unsere
  Gesichter
als wir den Berg hinabgehen
auf verrosteten Dosen und alten
  Zeitungen,
vorbei an dem Baum, auf dessen kahle
  Äste
die Jungen Eisenreifen gehängt haben,
bis wir schließlich die zerquetschten
  Regenwürmer erreichen,
ausgestreckt und sich streckend auf dem
  nassen Gehweg.

*

Heutzutage hüpfen die Papiere
auf der Straße in die Luft oder stürzen
  über den Rasen –
nicht ein Fetzen, der nicht den Atem
  des Lebens besitzt:
jene in einem Windstoß
spielen herum,
diese liegen für einen Augenblick still
  und sonnen sich.

*

Nachts, beim Wandern in den Straßen,
  dunkler noch wegen der Bäume,
stießen wir auf einen Baum, weiß vor
  Blüten,
und der Fußweg unter den Zweigen war
  ebenfalls weiß vor Blüten.

*

Dieser Baum in der schwach
    erleuchteten Straße –
die Schoten hängen von seinen kahlen
    symmetrischen Zweigen
bewegungslos –
doch wenn, gottgleich, uns ein
    Jahrhundert
das Zwinkern eines Auges wäre,
könnten wir das rasende Wachstum
    sehen.

*

Schienen der U-Bahn,
was wußtet ihr vom Glück,
als ihr noch Erz in der Erde ward;
jetzt scheint das elektrische Licht auf
    euch.

*

Ich spaziere durch die U-Bahn-Station
in einem Hain stählerner Säulen;
wie ihre Knorren, die Nietenköpfe –
anders als die einer Eiche –
gleichmäßig verteilt sind;
wie unfruchtbar der Boden ist
außer hier und da auf dem Bahnsteig
ein flacher schwarzer Pilz,
der einmal Kaugummi war.

*

In Stahlwolken
zum Geräusch des Donners
wie die alten Götter:
unser Himmel, Beton;
die Erde, Beton;
unsere Bäume, Stahl;
statt des Sonnenscheins
ein Licht, das keine Dämmerung
kennt,
weder Morgen noch Abend,
nur Mittag.

Als ich die U-Bahn Treppen hochkam,
hielt ich den Mond
für eine weitere Straßenlaterne –
ein bißchen krumm.

*

Um eine Grube
hat sich ein Schwarm heller roter
Laternen
niedergelassen.

*

Die Zweige von dem Busch unseres
Nachbarn sind so dünn,
daß ich die schwarzen Linien kaum
sehen kann;
die grünen Blätter scheinen in der Luft
zu schweben.

*

August

Die Bäume haben ihre Blätter
abgetragen.

Nach dem Regen

Die Kraftfahrzeuge auf der glänzenden
Straße bewegen sich in Halbkreisen
aus Gischt, Halbkreisen aus Gischt.

*

Was machst du in unserer Straße
zwischen den Automobilen, Pferd?
Wie geht es deinen Cousins, dem
Zentaur und dem Einhorn?

*

Verwurzelt zwischen Dächern, ihr
Rauch zwischen den Wolken,
Fabrikschornsteine – unsere Zedern des
Libanon.

*

Erlaube mir, dich zu warnen
vor diesem Automobil, das angerast
kommt, um dich zu umarmen
mit ausgestreckten Kotflügeln.

*

Augenweide, die du über die Brücke
kommst,
kaltes Zwielicht
auf diesen Honigwaben des Lichts, den
Gebäuden von Manhattan.

*

Ich dachte für einen Augenblick, der
Busch im Hinterhof blüht:
es waren nur einige der alten Blätter,
mit Schnee bedeckt.

An diesem dunstigen Wintermorgen –
verachte nicht das grüne Juwel, das
zwischen den Zweigen hervorscheint,
nur weil es ein Ampellicht ist.

*

Ein schwarzes Pferd und ein weißes
Pferd, die an diesem Wintertag einen
Wagen ziehen,
als der Dampf aus ihren Nüstern den
Boden berührt,
wirken wie aus einer anderen Welt.

*

Nun, wo schwarze Erde und die Büsche –
Sprößlinge, Bäume,
jeder Zweig und jeder Ast – plötzlich
weiß vom Schnee sind,
und die Erde heller wird als der Himmel,

entkräuselt dieser verworrene Strauch
aus Nerven, Venen, Arterien –
ich selbst –
seine verknoteten Blätter
in die glänzende Luft.

Auf diesem bewaldeten Hang,
schneegescheckt, höre ich
nur den schmelzenden Schnee
von den Zweigen tropfen.

Vorstadtfluß: Winter

Das erste Licht
der Straßenlaternen
fällt auf den Schnee;
der Fluß fließt
in Krusten aus Eis;
aus dem leuchtenden Zwielicht
fällt
eine Handvoll Schneeflocken.

*

Wir treffen uns oft und finden, wir
können uns nicht oft genug treffen,
und Worte sind Fälschungen, nur
Schweigen Gold,
und nachts sind Straßen schön.
Ich finde, in den Valentinsgrüßen liegt
Wahrheit, die Herzen und Pfeile,
Seufzer und verschwommenen Augen;
und in den alten Gedichten –
liegt Wahrheit, finde ich.

*

Du glaubst, du bist eine Frau,
weil du Kinder hast und Liebhaber;
aber auf einer Straße,
wo nur Orion und die Plejaden uns
sehen können,
beginnst du zu singen, beginnst du zu
springen.

*

Den ganzen Tag war das Pflaster
schwarz
vor Regen, aber in unserem warmen,
hell erleuchteten
Zimmer, lobet den Herrn,
sagte ich ständig zu mir selbst,
und kein Wort sprechend
antwortetest du, Amen.

*

Die Uhr
auf dem Bücherregal tickt,
die Armbanduhr auf dem Tisch tickt –
diese emsigen Insekten
fressen meine Welt auf.

*

Mein Haar verfing sich im Räderwerk
einer Uhr
und wurde mir vom Kopf gerissen:
sieh, ich bin kahl.

*

Einmal riß ich einen Schößling aus,
um mir einen Stock zu machen:
er klammerte sich in der Erde fest,
aber ich durchschnitt die Wurzeln,
säuberte ihn von Zweigen und Rinde,
eine vorbeigehende Frau nickte mit
dem Kopf, als wollte sie sagen, »Wie
schade«,
und mir machte der Stock keine
Freude mehr und ich warf ihn weg.

*

Wenn es einen Plan gibt,
ist vielleicht auch das Teil des Plans,
wie bei einem U-Bahn-Wagen, wenn
er bei einer Weiche abbiegt,
die Räder gegen die Schienen
kreischen
und die Lichter ausgehen –
aber einen Moment später wieder an
sind.

*

Die Sonne scheint auf die kleinen
Wellen der Bucht, die kleinen
Blätter der Hecke –
mit diesen Dingen übe ich mich darin
zufrieden zu sein.

*

Zwischen den Haufen aus Ziegeln
und Mörtel liegt
ein Stahlträger, noch immer er selbst
zwischen dem Müll.

Aus: Separate Way (1936)

I

Ich werde Lieder gegen euch
 schreiben,
Feinde meines Volkes; ich werde
 euch verprügeln
mit den geflügelten Samen des
 Löwenzahn;
ich werde die Glühwürmchen der
 Dämmerung
gegen euch ins Feld führen.

Epitaph

I

Ertrinkend
fühlte ich einen Augenblick
 Fingerspitzen an meinen
sich mir entgegenstrecken.

II

Ihr Mäuse,
die die Krümel meiner Freiheit fraßt,
seht!

III

Die Uhr schlägt:
dies sind die Schritte unseres
 Dahinscheidens.

IV

Ein braunes Eichenblatt,
das über den Bürgersteig schabt,
machte mir Angst.

V

Proserpina
verschlang nur sechs Samen
des Granatapfels
und mußte sechs Monate unter den
  Toten zubringen –
ich war ein Vielfraß.

*

Getrennte Wege

Sei vor freundlichen Worten von
  Freunden gefeit,
denn mit solcher Freundlichkeit endet
  schon ihre Freundlichkeit.
Wir gehen unsere getrennten Wege
  zum Tod.

Vater oder Mutter, die Liebe beider
  kennt die Angst vor Krankheit, will
  Essen und Kleider.
Aber ansonsten – wir gehen unsere
  getrennten Wege zum Tod.

Kuß auf Kuß von dem Kopf neben dir
  auf dem Kissen,
doch treu nur seinem eigenen Wissen.
Wir gehen unsere getrennten Wege
  zum Tod.

Sähst du Phönix brennen
  und würdest ein Einhorn im Verkehrsgetümmel erkennen,
nun, dann nimm die U-Bahn bis zu deinem Tod
und behalte deine Arbeit bis zur Atemnot.
Wir hörten deine Witze, deine Geschichten und Lieder,
erkennen deine Rechte, deine Vergehen wieder,
aber sind in unsere Angelegenheiten verbissen.
Tut es dir leid? Oh ja! Aber wer will das überhaupt wissen?
Du glaubst, du hast immer noch etwas zu sagen?
Vielleicht. Doch du wirst grau, das Leben hat dich aufgetragen.
Und uns desgleichen.
Wir werden dir ein weiteres freundliches Wort reichen;
und gehen unsere getrennten Wege zum Tod.

*

Messianisch

Die Nacht ist warm,
der Fluß läuft über
vor dem Licht
der Laternen und elektrischen Signale;
die Kabel eines Sterns
leuchten im Nebel;
feiner Frühlingsregen wird fallen,
er riecht nach Erde,
der Sonnenschein
wird die Straßen erhellen;
die Spatzen werden um die leuchtenden Zweige
  kreisen –
ein Spatz, der in einen knospenden Baum fliegt,
biegt um einen Zweig, um auf einem anderen zu
  landen.

*

Wie weit und breit
um die obere und untere Bucht herum,
die Flüsse entlang und neben dem Meer,
wie dicht und gleichmäßig
die Laternen scheinen:
du sollst die Wälder deiner Väter
in diesen Pfählen erkennen,
und du ihre Wüsten
in diesen gepflasterten Meilen,
deren Glimmererde
im Sonnenschein und im Lampenlicht
  glitzert,

in der Hitze des Sommers oder dem
Frost des Winters,
naß vom Regen oder weiß vom Schnee.
Obwohl dein Stamm der kleinste ist
und du der geringste,
sollst du reden, sollst du säen, sollst du
Krieg führen;
und sterbend
so rasch weggerollt werden,
daß du die Sonne,
nicht größer als den Abendstern siehst,
ihre Stiefel sollen dein Blut tragen –
seine Blutkörperchen
Samen,
die an den sandigen Stellen wachsen
werden,
zwischen dem Kopfstein der Alleen und
dem Pflaster der Straßen.

Kaddisch

Dir, Israel und all euch Rabbis und allen Jüngern und all den Jüngern eurer Jünger, und allen, die sich dem Studium der Thora widmen, hier und überall, euch und dir, sei Frieden geschenkt, Anmut, Barmherzigkeit, Gnade, langes Leben, Wohlstand und Heil, vom Vater, der im Himmel ist. Darum sagt Amen.
Kaddish de Rabbanan.

Dir, Israel und all euch Rabbis
und allen Jüngern und all den Jüngern
eurer Jünger,
und allen, die sich dem Studium der
Thora widmen, hier und überall,
euch und dir sei Frieden.

Dir, Israel und allen, die sich mit
unfreundlichen Blicken begegnen,
Steinen und Stöcken und
Schimpfnamen –
auf Plakaten, in Zeitungen oder in
Büchern verewigt,
mit Kreide auf Asphalt oder mit Säure
auf Glas,
von tausend und abertausend Fenstern
aus dem Radio geschrien;
die aus Klassenzimmern und fahrenden
Zügen gestoßen werden,
die die hundert Hände des Pöbels
schlagen,

und die Gefängnisaufseher mit
Schlüsselbunden schlagen und mit
Revolverknäufen;
euch allen und dir,
hier und überall,
Sicherheit;

Dir, Israel und allen, die leben
wie Spatzen auf der Straße
unter den Simsen der Häuser von
anderen,
und wie Kaninchen
auf den Feldern von Fremden
von der Gnade der Jahreszeiten
und dem, was die Ährensammler liegen
lassen;
ihr, Kinder des Windes –
Vögel,
die vom Baum der Erkenntnis essen
hier und überall
euch und dir
einen Lebensunterhalt;

dir, Israel
und allen deinen Kindern und allen
Kindern deiner Kinder
hier und überall
euch und dir
Leben.

Aus: Going To and Fro and Walking Up and Down (1941)

Aus: Autobiography: New York

II

Ich bin allein –
und froh, allein zu sein;
ich mag Menschen nicht, die so spät
herumlaufen; die nach Mitternacht
   langsam
durch die auf den Bürgersteig
   gefallenen Blätter gehen.
Ich mag
mein eigenes Gesicht nicht
in den kleinen Spiegeln der
   Geldschlitzautomaten
vor den geschlossenen Geschäften.

III

Ich gehe den Highway entlang,
ich rieche die gelben Blumen eines
  Strauchs,
beobachte die Stare auf dem Rasen,
  vielleicht –
aber warum rasen alle
in Automobilen weg,
wo wollen sie hin
in solcher Eile?
Sie werden wohl weise Männer hören
und schöne Frauen anschauen,
nur ich bin ein Depp,
hier alleine herumzuhängen.

IV

Ich mag das Geräusch der Straße –
solange ich, abseits und allein,
neben einem offenen Fenster
und hinter einer geschlossenen Tür
  stehe.

IX

Ich fürchte mich
wegen der Torheit
mit der ich gesprochen habe.
Ich muß mich
mit Schweigen auf Diät setzen;
mich selbst
mit Stille stärken.

Wo ist die Weisheit
mit der ich kuriert werden kann?
Ich werde alleine spazierengehen
und mich mit dem Sonnenschein
und dem Wind heilen.

XIV

Die Brücke

In einer Wolke Knochen aus Stahl.

XVI

Ein Bettler streckt seine Hand aus,
um einen Pelzkragen zu berühren, er
streichelt ihn unbemerkt,
stiehlt dessen Wärme für seine
Fingerspitzen.

XVII

Der Liftboy, der viele Stunden
für wenig arbeitet – dessen Job stumpf
und banal ist –
muß trotzdem jeden Fahrgast
liebenswürdig grüßen;
um so heldenhaft zu sein,
trägt er eine Uniform.

XVIII

Diese U-Bahn-Station
mit ihren elektrischen Lichtern,
Säulen aus Stahl, Bögen aus Beton und
  Zügen –
eine ziemliche Verbesserung der
  Höhlen von den Höhlenmenschen;
aber sieh! Auf dieser Mauer
eine primitive Malerei.

XXI

Die weiße Katze auf dem Rasen
die in der Sonne an der Hecke liegt,
sieht hübsch aus –
aber dieser untersetzte Mann,
der sich dringend rasieren muß
und in einer Laube mit blauen
  Weintrauben lehnt,
blaue Weintrauben überall um ihn
  herum,
ist unerfreulich.
Werde ich menschenfeindlich?
Ein Atheist?
Hey, das könnte der Gott Bacchus
  sein!

XXIII

Cooper Union Library

Männer und Frauen mit
  aufgeschlagenen Büchern vor sich –
die nie eine Seite umblättern:
  gekommen
nur für Wärme
nicht Licht.

XXIV

Eine Reihe Mietshäuser, Fenster
  vernagelt;
eine leere Fabrik, Scheiben
  zerbrochen;
ein Hang voll toter Blätter, toten
  Unkrauts,
alter Zeitungen und verrosteter Dosen.
Jetzt kommt eine Gruppe Leute
in alten Klamotten und zerschundenen
  Schuhen,
die höflich sagen,
»Der Weg, Sir? Wenn es Ihnen nichts
  ausmacht,
sagen Sie uns bitte
den Weg.«

XXV

Der junge Typ wandert umher
und hat nichts zu tun: er hat seinen Job
verloren.
»Wenn ich jemals einen anderen finde,
werde ich hart bleiben!
Du mußt hart bleiben,
um es zu etwas zu bringen. Ich werde
hart bleiben. Bestimmt!«
sagt er verbittert. Nimmt seine
Zigaretten heraus.
Nur vier oder fünf übrig.
Sieht mich aus den Augenwinkeln an –
einen Fremden, den er eben erst
getroffen hat; zögert;
und bietet mir eine Zigarette an.

XXVI

Ich bin immer überrascht, nach zehn
oder zwanzig Jahren
jenen zu begegnen, die arm und dumm
waren,
immer noch arm und dumm, natürlich,
aber am Leben –
trotz der Kriege und der Plagen und
Schrecken,
am Leben und wohl auf.
Ist es möglich,
daß es trotz allem
einen Vater im Himmel gibt?

XXXI

Der Himmel ist bewölkt,
aber die Wolken –
als der lange Tag endet –
sind perlmuttern und rosa;
der Frühling ist
in den Straßen eingezogen,
der Frühling ist im Himmel
eingezogen.

Sitz still
neben dem offenen Fenster
und laß den Wind,
den sanften Wind,
in dein Gesicht wehen;

sitz still
und falte deine Hände –
leere dein Herz von allen
Gedanken,
deinen Verstand von Träumen.

Aus: Autobiography: Hollywood

III

Ich mag dieses verschwiegene
Wandern
im Nebel;
ungesehen, ungehört
zwischen den Büschen,
schwer mit Tropfen;
der feste Weg unsichtbar
eine Rutenlänge entfernt,
und nur die enge Gegenwart ist
lebendig.

XI

Der Busch unter meinem Fenster ist
gewachsen,
jetzt reicht ein Zweig
über das Fensterbrett,
als wollte er
seinen Schopf zarter Blätter zeigen.
Ihr seid schön, Blätter, und still,
ihr verlangt nichts –
weder Speise noch Gebühren,
noch nicht einmal, daß ich euch
ansehe.

XII

Verregnete Jahreszeit

Es regnet seit drei Tagen.
Die Gesichter der Riesen
auf den Reklameplakaten
lächeln noch immer,
aber die Vergoldung ist vom Himmel
gewaschen worden:
wir sehen die eiserne Welt.

XIII

Der kalte Wind und schwarze Nebel
und das Geräusch des Meeres.

XXI

Ich hätte nie gedacht, daß ich gegen
einen Pfahl
laufen würde, taumeln und fühlen, daß
ich
unter das breite Rad fiel, das stetig
den sonnigen Fußweg entlang kam:
mein Fahrplan sah keine Halts vor.

Aber die Welt, die so sanft gleitet,
wird plötzlich, wie sie es bereits ist, in
Trümmer stürzen,
für uns – uns allein.

Aus: Testimony*

II

Amelia war gerade vierzehn und aus dem Waisenheim
raus; bei ihrem ersten Job – in der Buchbinderei, und
ja Sir, ja Ma'am, und oh, wie sehr sie gefallen wollte.
Sie stand am Tisch, ihr blondes Haar hing um ihre
Schultern, »hochschlagen« für Mary und Sadie, die
Broschiererinnen.
(»hochschlagen« bedeutet Bücher zählen und sie zu
Stapeln auftürmen, damit sie abtransportiert werden
können.)
Es gab zwanzig Faden-Heftmaschinen in der Halle, die
von einer Welle unter dem Tisch angetrieben wurden;
jede Broschiererin schob ihre Arbeit durch die
Maschine
und warf sie auf den Tisch. Die Bücher stapelten sich
schnell
und einige fielen auf den Boden
(die Vorarbeiterin hatte gesagt: »Es darf nichts auf dem
Boden liegen!«);
und Amelia bückte sich, um die Bücher aufzuheben –
drei oder vier waren unter den Tisch gefallen
zwischen die Bretter, die gegen die Beine genagelt
waren.
Sie fühlte, wie ihr Haar sanft gefaßt wurde;
nahm die Hand hoch und fühlte, wie sich die Welle
drehte und drehte
und ihr Haar war von ihr erfaßt, aufgewickelt und
wickelte sich darum,
bis die Kopfhaut von ihrem Kopf gerissen wurde
und das Blut über ihr ganzes Gesicht und ihre Taille lief.

* Beruhend auf Fällen in Urteilssammlungen.

Aus: Inscriptions 1944–56 (1959)

Einer meiner Wachtposten, ein Baum,
schickte mir trudelnd
dieses kurze
Geheimnis auf einem Blatt hinterher:
der Sommer ist vorbei –
für immer.

*

Es regnete und die Straße
leer. Ich ging an einer alten Frau
  vorbei, die Zeitungen verkaufte.
Als ich eine kaufte
sah ich auf ihre Füße.
»So groß
in diesen Gummiüberschuhen.
Aber immer noch besser, als naß zu
  werden«, fügte sie hinzu,
unschlüssig, »und krank.
Ein Mann lieh sie mir. Es sind
  Gummiüberschuhe für einen Mann,
  nicht für mich,
und ich muß sie mit einer Schnur
  festbinden.
Aber wie riesig meine Füße aussehen!«
  Ich sah sie erneut an:
nur das war übrig – Eitelkeit.

*

Schreib es in dein Hauptbuch
zwischen die Gewinne dieses Tages:
der dunkle, launenhafte Weg des
Windes
auf dem hellen Wasser;
Schnee auf den gelben Zweigen
eines Ahorns.

*

Te deum

Nicht wegen der Siege
singe ich,
der keine hat,
sondern für den einfachen
Sonnenschein,
die Briese,
die Gabe des Frühlings.

Nicht für einen Sieg
sondern für das vollbrachte
Tagwerk,
so gut ich es vermochte,
nicht für einen Sitz auf dem Podium
sondern am einfachen Tisch.

*

Fetzen Papier,
der über die Straße geweht wird,
du würdest, nehme ich an, gern wie
ein Geldschein
geschätzt werden.

*

Natürlich müssen wir sterben.
Wie sonst würde die Welt
die alten Telefonnummern los
werden,
die wir nicht vergessen können?

Die Nummern,
bei denen es töricht wäre –
völlig sinnlos –
anzurufen.

*

Fraser, glaube ich, erzählt von einem
Römer,
der einen Baum in seinem Garten so
sehr liebte,
daß er ihn küßte und umarmte.

Das geht ziemlich weit,
selbst für einen Naturliebhaber,
und ich glaube kaum, daß es
im Central Park erlaubt wäre.

Aus: By the Well of Living and Seeing and The Fifth Book of the Maccabees (1969)

Die Katze hinter der Fensterscheibe
starrt
die Tauben an, die auf dem Rasen herumlaufen.
Träume, leere Träume.

*

Ach, der Bohrer,
der das Pflaster wieder
aufbricht –
und immer wieder.
Das ist die Nachtigall,
die in unseren Straßen singt.

*

Begrüßen und Verabschieden

Beim Warten, die Straße überqueren zu können,
sah ich einen Mann, der mit mir zur Schule
gegangen war:
wir hatten ein nettes Verhältnis zueinander gehabt
und erkannten uns nun sofort wieder.
»Heiß, was?«, sagte ich
als hätten wir uns gestern erst gesehen. »Über
fünfundneunzig.«
»Oh nein«, gab er zurück. »Ich bin noch nicht
fünfundneunzig!«
Dann lächelte er ein wenig traurig und sagte:
»Weißt du, ich bin so müde,
ich dachte für einen Moment, du sprichst von
meinem Alter.«

Wir gingen zusammen weiter und er
fragte mich, was ich tue.
Aber natürlich interessierte es ihn
nicht.
Dann fragte ich ihn höflich nach ihm
und er antwortete ebenfalls kurz.
Bei den Stufen runter zur U-Bahn –
Station sagte er:
»Ich weiß, ich sollte mich schämen,
aber ich habe deinen Namen
vergessen.«
»Du brauchst dich nicht zu schämen«,
antwortete ich,
»Ich habe deinen auch vergessen.«
Darauf verzogen wir beide das
Gesicht,
sagten unsere Namen und trennten
uns.

*

Lektion des Hiob

Eine Gottheit klar zu sehen,
hieß sofort zu sterben;
selbst die Frauen, die Zeus liebte,
konnten ihn nur
als Vogel, Untier oder Regen aus Gold
  sehen.
Und Moses,
zu dem Gott selbst sprach,
konnte nicht mehr als einen flüchtigen
  Blick von ihm erhaschen,
als Er sich abwandte.

*

Gleichnisse

Gleichgültig wie eine Statue
gegenüber dem Spruch,
der auf ihre Säule gekritzelt wurde.

Die Art, mit der ein Eilzug
den Passagieren auf einer
Nahverkehrsstation die kalte
Schulter zeigt.

Wie ein Notizbuch, das auf dem
Bussitz vergessen wurde,
voller Namen, Adressen und
Telefonnummern:
wichtig, zweifelsohne, für den
Eigentümer –
aber total uninteressant
für jeden anderen.

Wörter wie Wassertropfen auf einem
Ofen –
ein Zischen und weg.

*

Der alte Mann

Der Fisch hat zu viele Gräten
und die Wassermelone zu viele Kerne.

*

Epitaph

Nicht die fünf Fuß Wasser bis zu
deinem Kinn,
sondern der Zoll über deiner
Nasenspitze.

*

Ob ich einen Brief für ihn schreiben
würde?
Ziemlich häßlich, nicht mehr jung.
Er sprach mit einem Akzent,
den ich aber nicht zuordnen konnte,
ich nahm an, daß er als junger Mann
ins Land gekommen war
und gleich zu arbeiten angefangen
hatte.
»Gewiß.«

»Ich habe Papier und einen
Briefumschlag-
zwei, falls Sie sich verschreiben.«
Er lächelte, zog Notizpapier und
einen Briefumschlag aus seiner Tasche
und wir gingen zu einem der Tische
im Postamt.
Ich nahm einen Stift.
Der Brief war an ein Mädchen, das
Sadie hieß
und irgendwo in einer kleinen Stadt in
Connecticut oder Pennsylvania lebte.
Ich schrieb den vollen Namen und die
Adresse auf den Briefumschlag
während er mir zusah.
»Nun, was soll ich schreiben?«

»Liebe Sadie«, fing er an »Ich liebe
dich.
Haben Sie das?« »Ja. Weiter.«
»Ich liebe dich.«
»Das haben Sie schon gesagt. Was
noch?«
»Ich liebe dich. Schreiben Sie es
nochmal.«
»In Ordnung. Weiter?«
»Ich liebe dich.«
Ich sah ihn an. »Haben Sie nichts
anderes zu sagen?«
»Doch.«
Er dachte eine Weile nach und sagte:
»Ich liebe dich sehr. Haben Sie das?«
»Ja.«
»Jetzt schreiben Sie« – ich war
versucht zu sagen,
ich liebe dich.
Aber ich wollte mich nicht über ihn
lustig machen.
»Schreiben Sie: Bitte verzeih mir,
Sadie.«

»Sehen Sie«, sagte er und wandte sich
mir zu,
»sie ging mit einem anderen Mann aus
und ich
nenne sie ›Nutte‹ und ›Hure‹.
Jetzt will sie mich nicht mehr sehen.
Schreiben Sie: Bitte verzeih mir, Sadie.
Ich liebe dich.«

Ich dachte an einen einfachen Vogel
mit nur zwei oder drei Tönen,
die er auf einem Baum im Winter
hinausflötet.

*

Ich trug eine Gürtelschnalle
mit den Initalen meines
Familiennamens darauf
in einer billigen Ausführung. Ein
Freund bemerkte sie
und ich sagte entschuldigend:
»Sie gehörte meinem Vater. Er hatte
keinen Geschmack.«
»Vielleicht« gab mein Freund sanft
zurück,
»trug er sie, weil es ein Geschenk
war.«

*

Ich ging die 42ste Straße entlang, als
es Nacht wurde.
Auf der anderen Straßenseite war der
Bryant Park.
Hinter mir gingen zwei Männer
und ich konnte einen Teil ihres
Gesprächs hören:
»Was du tun mußt«, sagte der eine zu
seinem Gefährten,
»ist zu entscheiden, was du tun willst
und dich daran halten. Halte dich
daran!
Dann wirst du am Ende auch Erfolg
haben.«

Ich drehte mich um, um zu sehen, wer
da so gute Ratschläge gab,
und war nicht überrascht, als ich sah,
daß er alt war.
Aber sein Gefährte,
an den der Ratschlag so eindringlich
gerichtet war,
war genauso alt;
und genau in dem Moment begann
die große Uhr auf dem Gebäude
hinter dem Park zu leuchten.

Aus: Last Poems (1976)

Wie böse sich Sterne und Kometen
auch erwiesen,
wie stürmisch der Himmel sich auch
stellt,
mein Geist sei Feuer auch in diesen,
daß alles Stroh und all der Abfall
dieser Welt
nur seine Flamme nährt.

Der entscheidende Moment

von Paul Auster

Charles Reznikoff ist der Dichter des Auges. Die Schwelle zu seinem Werk zu übertreten, bedeutet in die Vorgeschichte der Materie einzudringen, sich einer Welt ausgesetzt zu sehen, in der Sprache noch nicht erfunden worden ist. Das Sehen kommt in seiner Dichtung immer vor dem Sprechen. Jede poetische Äußerung ist eine Emanation das Auges, eine Transkription des Sichtbaren in den rohen, unentschlüsselten Code des Seins. Deshalb ist der Akt des Schreibens nicht so sehr ein Anordnen des Wirklichen als vielmehr seine Entdeckung. Es ist ein Prozess, bei dem man sich zwischen den Dingen und den Namen der Dinge bewegt, eine Art Wachestehen in diesem Intervall der Stille, bei dem man zuläßt, daß die Dinge wie zum ersten Mal gesehen werden und daraufhin ihre Namen bekommen. Der Dichter, der der erste Mensch ist, der geboren wird, ist gleichzeitig der letzte. Er ist Adam, doch er ist gleichzeitig die letzte aller Generationen: der stumme Erbe der Erbauer des Turms von Babel. Denn er ist es, der von seinen Augen lernen muß zu sprechen – und sich selbst verbieten muß, mit dem Mund zu sehen.

Das Gedicht ist also keine wiedergebende, sondern eine gestaltende Instanz. Man kann nicht voraussetzen, daß die Welt existiert. Sie erhält ihre Existenz nur durch die Bewegung auf sie zu. *Esse est percipi*: kein amerikanischer Dichter war jemals so sehr dem Satz Berkleys verpflichtet wie Reznikoff. Er ist mehr als nur das Leitmotiv seines Werkes – er ist in dem Werk verankert, und er besitzt die Kraft eines moralischen Dogmas. Reznikoff zu lesen bedeutet zu begreifen, daß nichts selbstverständlich ist. Wir leben nicht inmitten einer bereits eingerichteten Welt, wir ergreifen nicht automatisch, durch ein vorherbestimmtes Geburtsrecht legitimiert, Besitz von unserer Umgebung. Jeder Augenblick, jedes Ding muß erarbeitet, der Verworrenheit der trägen Materie durch die Beständigkeit des Blickes entrissen werden, durch eine Reinheit der Wahrnehmung, die so intensiv ist, daß die Mühe selbst die Bedeutung eines religiösen Aktes erhält. Die Schiefertafel wurde leergewischt. Es ist an der Reihe des Dichters, sein eigenes Buch zu schreiben.

Winzige Gedichte, viele von ihnen kaum einen Satz lang, bilden das Herz von Reznikoffs Œuvre. Obwohl sein Gesamtwerk auch Erzählungen, Biographisches, Dramatisches, lange Erzählgedichte, historische Betrachtungen und dokumentarische Gedichte in Buchlänge umfaßt, sind diese kurzen Verse die Ur-Texte von Reznikoffs Imagination: alles andere geht aus ihnen hervor. Bemerkenswert ist ihre Präzision und Einfachheit. Doch laufen sie den gängigen Annahmen über das, was ein Gedicht anstreben sollte zu sein, zuwider. Dazu drei Beispiele:

April

Die starren Linien der Zweige
verwischt von den Knospen.

Mondhelle Nacht

Die Schatten der Bäume liegen in
schwarzen Pfützen auf dem Rasen.

Die Brücke

In einer Wolke Knochen aus Stahl.

Der Punkt ist, daß es keinen Punkt gibt. Jedenfalls nicht in einem traditionellen Sinn. Diese Gedichte versuchen nicht, universelle Wahrheiten herauszuposaunen, den Leser mit der Kunst ihrer Gemachtheit zu beeindrucken oder die Vieldeutigkeit der menschlichen Existenz zu beschwören. Ihr Ziel ist einfach Klarheit. Des Sehens, des Sprechens. Und doch sollte uns die verwirrende Bescheidenheit dieser Gedichte nicht dazu verleiten, über die Kühnheit ihrer Ambition hinwegzusehen. Denn selbst in den winzigsten Gedichten ist der Kern von Reznikoffs Poetik enthalten. Es ist gleichzeitig eine Ethik des poetischen Augenblicks wie eine Theorie des Schreibens. Und die Botschaft ist im gesamten Werk Reznikoffs gleich: das Gedicht ist immer mehr als eine bloße Anordnung von Worten. Kunst gibt es demnach um irgendetwas willen – was bedeutet, daß Kunst eigentlich nur ein zufälliges Abfallprodukt des Bemühens ist, sie herzustellen. In jedem Fall muß das Gedicht ein Wahrnehmungsversuch, eine Bewegung nach außen sein. Es ist weniger eine Art, die Welt auszudrücken, als vielmehr eine Möglichkeit, in der Welt zu sein. Merleau-Pontys Darstellung der Kontemplation in der »Phänomenologie der Wahrnehmung« ist eine ziemlich genaue Beschreibung des Prozesses, der in Reznikoffs Gedichten stattfindet.

> … wenn ich ein Ding mit der reinen
> Intention betrachte, es exitieren und seine
> Reichtümer vor meinen Augen ausbreiten
> zu sehen, dann hört es auf, in Bezug zu
> einer Gattung zu stehen, und mir wird klar,
> daß jede Wahrnehmung, und nicht nur die
> von Erscheinungen, die ich zum ersten
> Mal sehe, auf ihre Weise die Geburt der
> Intelligenz erneut nachstellt und Elemente
> eines kreativen Geistes in sich trägt. Um
> zu erkennen, daß der Baum ein Baum ist,
> ist es notwendig, daß jenseits der
> vertrauten Bedeutung die augenblickliche
> Ordnung der sichtbaren Szene ganz von
> vorne beginnt, so wie am ersten Tag des
> Pflanzenreiches, um die individuelle Idee
> von diesem Baum zu umreißen.

Vorstellungskraft, ja. Aber nur als Quelle, nicht als Methode. Es gibt kein Bestreben von Seiten Reznikoffs, Bilder als ein Medium der Transzendenz zu benutzen, es in vergeistigten Sphären des Gedankenreiches unbeschreiblich erzittern zu lassen. Die Entwicklung vom Symbolismus über Imagismus zum Objektivismus ist eher eine Serie von kleinen Umwegen, als eine geradlinige Abstammungslinie. Was Reznikoff von den Imagisten lernte, war der Wert – die Kraft – des Bildes selbst, ungeschmückt von den Ansprüchen des Ichs. Das Gedicht ist in Rezinkoffs Händen eher ein Akt des Bild-ens denn der Vorstellung. Seine Bewegung führt weg von der Metapher und hin zum Handgreiflichen, ein Verlangen, eher das zu ergreifen, was wirklich ist, denn das, was nur möglich ist. Ein Gedicht, das in das Maß der wahrgenommenen Welt paßt, weder größer als diese Welt, noch kleiner. »Ich sehe etwas«, stellte Reznikoff 1968 im Interview mit L.S.Dembo fest, »und schreibe es auf, wie ich es sehe. Dabei enthalte ich mich kommentierender Worte. Wenn ich nun etwas vollbracht habe, das mich bewegt – wenn ich das Objekt gut protraitiert habe – wird jemand anders auch davon bewegt sein, und der nächste wird sagen, ‚Was zum Teufel ist denn das?' Und vielleicht haben sie beide Recht.« Wenn es die primäre Verpflichtung des Dichters ist zu sehen, dann gibt es ein ähnliches, doch weit weniger offensichtliches Gebot für den Dichter – die Pflicht, nicht gesehen zu werden. Reznikoffs Gleichung, die Sehen mit Unsichtbarkeit verbindet, kann nicht ohne Selbstverleugnung funktionieren. Um zu sehen, muß sich der Dichter unsichtbar machen. Er muß verschwinden, sich in die Anonymität zurückziehen.

Ich mag das Geräusch der Straße –
solange ich, abseits und allein,
neben einem offenen Fenster
und hinter einer geschlossenen Tür
stehe.

*

Ich bin allein –
und froh, allein zu sein;
ich mag Menschen nicht, die so spät
herumlaufen; die nach Mitternacht
    langsam
durch die auf den Bürgersteig
    gefallenen Blätter gehen.
Ich mag
mein eigenes Gesicht nicht
in den kleinen Spiegeln der
    Geldschlitzautomaten
vor den geschlossenen Geschäften.

Es scheint kein Zufall zu sein, daß die meisten von Reznikoffs Gedichten ihre Wurzeln in der Großstadt haben. Denn nur in der modernen Stadt kann der, der sieht, ungesehen bleiben, einen Platz einnehmen und doch durchsichtig sein. Selbst wenn er ein Teil der Landschaft wird, die er betreten hat, bleibt er ein Außenseiter. Deshalb Objektivist. Objektivist heißt, eine Welt um sich herum zu erschaffen, indem man sie sieht wie ein Fremder. Was zählt ist das Ding an sich, und das Ding, das gesehen wird, kann nur lebendig werden, wenn der, der es sieht, verschwunden ist. Es kann nie eine Bewegung hin zum Besitzen geben. Sehen ist das Bestreben, Präsenz zu kreieren. Ein Ding zu besitzen, hieße, es unsichtbar werden zu lassen.

Und doch mutet es an, als sei jeder Akt des Sehens ein Versuch, zwischen dem, der sieht und dem gesehenen Ding eine Verbindung herzustellen. Als ob das Auge für den Fremden das Mittel wäre, mit dem er seinen Platz in der Welt, in die er hineingesetzt wurde, finden könnte. Denn das Errichten einer Welt ist vor allen Dingen das Errichten und Erkennen von Beziehungen. Ein Ding zu entdecken und es in seiner Singularität zu isolieren, ist nur der Anfang, ein erster Schritt. Die Welt ist nicht nur eine Anhäufung, sie ist ein Prozeß, und jedes Mal, wenn das Auge diese Welt betritt, hat es Teil am Leben all der verschiedenen Dinge, die an ihm vorüberziehen. Während Objektivität die

Voraussetzung ist, ist Subjektivität der stillschweigende Organisator. Sobald es mehr als ein Ding gibt, gibt es Erinnerung, und wegen der Erinnerung gibt es Sprache: im Auge geboren und trotzdem jenseits davon. In ihm und aus ihm das Gedicht.

In dem Interview mit Dembo von 1968 fährt Reznikoff fort: »Ich finde, die Welt ist ziemlich groß, und ich kann sie sicher nicht im Ganzen zum Ausdruck bringen. Ich kann nur meine eigenen Gefühle bezeugen. Ich kann nur sagen, was ich sah und hörte, und ich versuche es so gut wie möglich zu sagen. Und wenn es passiert, daß das, was ich sah und hörte, einen anderen genau so fühlen läßt wie mich, dann ist das Gedicht gelungen.«

New York war Reznikoffs Zuhause. Es war eine Stadt, die er so genau kannte, wie ein Holzfäller seinen Wald. In der Blüte seiner Jahre wanderte er jeden Tag zwischen zehn und zwanzig Meilen, von Brooklyn nach Riverdale und zurück. Wenige Dichter hatten jemals ein solches Gespür für das Leben in der Stadt. In Dutzenden von kurzen Gedichten fängt Reznikoff die sonderbare und flüchtige Schönheit der Stadtlandschaften ein.

An diesem dunstigen Wintermorgen –
verachte nicht das grüne Juwel, das
  zwischen den Zweigen hervorscheint,
nur weil es ein Ampellicht ist.

*

Augenweide, die du über die Brücke
  kommst,
kaltes Zwielicht
auf diesen Honigwaben des Lichts, den
  Gebäuden von Manhatten.

*

Schienen der U-Bahn,
was wußtet ihr vom Glück,
als ihr noch Erz in der Erde ward;
jetzt scheint das elektrische Licht auf euch.

Doch Reznikoffs Aufmerksamkeit konzentriert sich auf mehr als nur die Gegenstände, die er in der Stadt findet. Genauso interessieren ihn die Menschen, die die Straßen von New York bevölkern, und keine Begegnung, wie flüchtig auch immer, ist zu unbedeutend, um seiner Aufmerksamkeit zu entgehen, zu banal, um nicht eine Quelle der Epiphanie zu sein. Hier zwei Beispiele aus vielen möglichen:

Ich ging die 42ste Straße entlang, als es
 Nacht wurde.
Auf der anderen Straßenseite war der
 Bryant Park.
Hinter mir gingen zwei Männer
und ich konnte einen Teil ihres
 Gesprächs hören:
»Was du tun mußt«, sagte der eine zu
seinem Gefährten,
»ist zu entscheiden, was du tun willst
und dich daran halten. Halte dich
 daran!
Dann wirst du am Ende auch Erfolg
 haben.«

Ich drehte mich um, um zu sehen, wer
 da so gute Ratschläge gab,
und war nicht überrascht, als ich sah,
 daß er alt war.
Aber sein Gefährte,
an den der Ratschalg so eindringlich
 gerichtet war,
war genau so alt;
und genau in dem Moment begann die
 große Uhr auf dem Gebäude
hinter dem Park zu leuchten.

*

Der Penner mit den zerschlissenen
 Schuhen
und den dreckigen und zerknitterten
 Kleidern –
Hände und Gesicht dreckig –
zieht einen Kamm aus seiner Tasche
und kämmt sich sorgfältig die Haare.

Das Gefühl, das einen bei diesen flüchtigen Einblicken ins Stadtleben beschleicht, entspricht ungefähr dem beim Betrachten eines Fotos. Cartier-Bressons »decisive moment« (der entscheidende Moment) ist in diesem Kontext vielleicht erwähnenswert.

Das Wichtigste ist die Bereitschaft: man kann nicht in der Erwartung durch die Straßen gehen, ein Gedicht zu schreiben oder ein Foto zu schießen, und doch muß man darauf vorbereitet sein genau das zu tun, wann immer sich die Gelegenheit dazu bietet. Weil das Werk nur entstehen kann, wenn es einem von der Welt gegeben wurde, muß man die Welt immerzu beobachten, immmerzu die Arbeit tun, die einmal zu einem Gedicht führen könnte, selbst wenn es nicht zu einem Gedicht wird. Reznikoff geht durch die Stadt – nicht, wie es die meisten Dichter tun, als Tagträumer, sondern mit offenen Augen, wachem Geist, seine Kräfte darauf konzentriert, in das Leben um ihn herum einzutreten. In das Leben einzutreten, und zwar weil der Dichter von ihm getrennt ist. Und deshalb ist dem Herzen jedes Gedichtes ein Paradox eingeschrieben: erst die Wirklichkeit der Welt postulieren und dann in sie eintreten, selbst wenn man sich vor all ihren Toren ausgesperrt findet. Der Dichter ist ein einsamer Wanderer, ein Mann in der Menge, ein gesichtsloser Schreiber. Dichtung als eine Kunst der Einsamkeit.

Es ist jedoch mehr als Einsamkeit. Es ist ein Exil und eine Art, sich mit dem Exil abzufinden, die es wohl oder übel fertigbringt, die Bedingungen des Exils irgendwie intakt zu lassen.

Reznikoff war nicht nur von seiner psychischen Disposition ein Außenseiter, der jene Teile seines Ichs pflegte, die dazu tendierten, sein Isolationsgefühl hervorzuheben, er wurde ebenso in einen Zustand der Andersheit hineingeboren. Als ein Jude, als der Sohn immigrierter Juden in Amerika, war jede Idee von Gemeinschaft, die er hatte, immer eher ethnisch als national geprägt. (Als Dichter träumte er davon, zu Fuß durch das Land zu gehen und an Synagogen entlang des Weges anzuhalten und dort aus seinen Werken vorzulesen, als Gegenleistung für Essen und Unterkunft.) Wenn seine Gedichte über die Stadt – sozusagen seine amerikanischen Gedichte – an der Oberfläche der Dinge angesiedelt sind, auf der Haut des Alltags, dann erlaubt er sich in seinen Gedichten über die jüdische Identität ein gewisses Maß an lyrischer Freiheit, erlaubt er sich, ein Sänger von Liedern zu werden.

> Laß andere Menschen als Ströme
>   kommen,
> die ein Tal überfluten
> und tote Körper, entwurzelte Bäume
>   und Sandfelder zurücklassen:
> wir Juden sind wie Tau
> auf jedem Grashalm,
> heute unter den Füßen zertreten
> und morgen früh hier.

Und doch, trotz seiner tiefen Solidarität mit der jüdischen Vergangenheit, täuschte sich Reznikoff nie darüber hinweg, daß er die essentielle Einsamkeit seines Befindens nicht einfach dadurch überwinden konnte, indem er sich seines Judentums versicherte. Denn er wurde nicht nur verbannt, er wurde zweimal verbannt – als Jude und auch aus dem Judaismus.

> Wie schwierig Hebräisch für mich ist:
> selbst das hebräische Wort für *Mutter*,
>   für *Brot*, für *Sonne*
> ist fremd. Wie weit wurde ich
>   verbannt, Zion.

*

Das Hebräisch deiner Dichter, Zion,
ist wie Öl auf einer Brandwunde,
kühl wie Öl;
nach der Arbeit
der Geruch in den nächtlichen
  Straßen
nach der blühenden Hecke.
Wie Salomon
habe ich die Sprache von Fremden
  geheiratet und geheiratet;
keine ist wie du, Sulamit.

Das ist, vorsichtig ausgedrückt, eine prekäre Lage. Weder völlig assimiliert noch völlig unangeglichen besetzt Reznikoff den unsicheren schmalen Grat zwischen zwei Welten und ist nicht in der Lage, eine von ihnen als seine eigene zu beanspruchen. Dennoch und zweifellos genau wegen dieser Ambiguität ist sein Standort extrem fruchtbar. Er verleitete einige dazu, ihn in erster Linie als jüdischen Dichter (was immer das bedeuten mag) und andere, ihn im wesentlichen als amerikanischen Dichter anzusehen (was auch immer dies bedeuten soll). Und doch, denke ich, kann man mit Sicherheit sagen, daß im Endeffekt beide Sichtweisen richtig sind – oder eben, daß keine von ihnen richtig ist, was wahrscheinlich auf das gleiche hinausläuft. Reznikoffs Gedichte sind, was Reznikoff ist: die Gedichte eines amerikanischen Juden, oder, wenn man will, eines Halbamerikaners, eines Jüdisch-Amerikaners, wobei die beiden Begriffe nicht so sehr auf dem gleichen Fundament stehen, sondern zusammengesetzt einen dritten und ganz anderen Begriff bilden: den Zustand, an zwei Orten zur gleichen Zeit zu sein, oder, ganz einfach, den Zustand, nirgendwo zu sein.

Wir müssen nur mit den Beweisen fortfahren. In den zwei Bänden »Gesammelte Gedichte (1918–75)«, die jüngst von der Black Sparrow Press herausgegeben wurden, gibt es eine überraschend große Zahl von Gedichten über jüdische Themen. Gedichte, die nicht nur von dem Leben jüdischer Immigranten in

New York handeln, sondern auch lange erzählende Gedichte über verschiedene Episoden aus der älteren und jüngeren jüdischen Geschichte. Eine Liste einiger dieser Titel gibt eine ungefähre Vorstellung davon, worum es Reznikoff geht: »König David«, »Jeremia im Verzeichnis: Eine Anordnung der Prophezeiungen«, »Die Verteidigung der Synagoge Anno 1096«, »Palästina unter der Römerherrschaft«, »Das fünfte Buch der Makkabäer«, »Die Juden in Babylon«. Alles in allem nehmen diese Gedichte mehr als 100 Seiten von ungefähr 350 Seiten in zwei Bänden ein – oder fast ein Drittel des Gesamtwerkes. Denkt man an die Art der Gedichte, für die Reznikoff bekannt ist – die kargen Stadtgedichte, Umschriften von unmittelbar sinnlichen Daten – verwundert es, daß er einen Großteil seines Schreibens Arbeiten gewidmet hat, deren Inspiration aus Büchern kommt. Reznikoff, der unprätentiöste aller Dichter, zeigte nie eine Neigung zu den gelehrten Kunststücken einiger seiner Zeitgenossen – etwa Pound oder Olson – und doch ist kurioserweise ein Großteil seines Schaffens eine direkte Antwort auf seine Lektüre, beinah ihre Übersetzung. Beim zweiten Hinsehen erkennt man, daß diese Gedichte, die von scheinbar abgelegenen Themen handeln, zu den persönlichsten in seinem Werk gehören.

Geht man einmal schematisch vor, sieht eine vereinfachende Erklärung so aus: Amerika ist Reznikoffs Gegenwart, der Judaismus seine Vergangenheit. Das Eintauchen in die jüdische Geschichte ist letztlich nichts anderes für ihn als der Schritt hinaus in die Straßen von New York. In beiden Fällen ist es ein Versuch, das zu durchdringen, was er ist. Die Vergangenheit aber kann nicht direkt wahrgenommen werden: sie kann nur durch Bücher erlebt werden. Wenn Reznikoff also über König David oder Moses schreibt, oder über irgendeine andere biblische Figur, schreibt er letztlich von sich selbst. Selbst in seinen unbeschwertesten Momenten ist die Beschäftigung mit seinen Vorfahren stets gegenwärtig.

Gott und Bote

Das Pflaster leer
wie der Berg
auf dem Gott zu Moses sprach –
plötzlich scheint mir
auf der Straße
die Stoßstange eines Autos auf die
  Beine.

Reznikoff der Jude und Reznikoff der Amerikaner können nicht voneinander getrennt werden. Jeder Aspekt seines Werkes muß in seiner Beziehung zum Œuvre als solchem gelesen werden, denn letztlich beinhaltet jeder Gesichtspunkt all die anderen.

Dieser Baum in der schwach
  erleuchteten Straße –
die Schoten hängen von seinen kahlen
  symmetrischen Zweigen
bewegungslos –
doch wenn, gottgleich, uns ein
  Jahrhundert
das Zwinkern eines Auges wäre,
könnten wir das rasende Wachstum
  sehen.

Was besagt, daß das Auge kein adäquates Wahrnehmungsorgan ist. Noch nicht einmal das Gesehene kann wahrhaftig gesehen werden. Die menschliche Perspektive, die uns kontinuierlich an einen Ort drängt, wo »nur die nächste Gegenwart lebendig ist«, ist eine Verbannung aus der Ewigkeit, ein Ausschluß aus der Fülle menschlicher Möglichkeiten. Daß Reznikoff, der in seinem Werk so energisch auf diese menschliche Perspektive besteht, zur gleichen Zeit von ihrer Begrenztheit weiß, gibt seinem Werk eine reflexive Qualität, ein Element des Selbstzweifels, das selbst die gradlinigste Lyrik durchdringt. Denn bei aller offensichtlichen

Schlichtheit ist Reznikoff niemals primitiv. Ein Reduktionist vielleicht, aber ein intellektueller – der uns wie ein geschickter Handwerker vergessen macht, daß jedes Gedicht (wie er einmal sagte) ein Produkt »von Hunger, Schweigen und Schweiß« ist.

Es gibt jedoch in Reznikoffs Werk eine Brücke zwischen Zeit und Ewigkeit, eine Verbindung zwischen Gott und den Menschen. Ihr Platz ist dort, wo der Mensch am nachhaltigsten gezwungen ist, von seinem Selbstverlangen abzurücken: in der Idee des Gesetzes. Das Gesetz im jüdischen Sinn des Wortes und erweitert auch im englischen Sinn. »Testimony« ist ein Werk, in dem Lesen zum Äquivalent des Sehens wird: »Beachten Sie: Alles folgende basiert auf Gerichtsprotokollen der verschiedenen Staaten.« Was Reznikoff beobachtet, zum Leben erweckt, ist das Wort, ist die Sprache der Menschen. So daß der Akt des Zeugeseins gleichbedeutend mit dem Akt der Schöpfung wird – und damit, daß man seine Bürde schultert.

»Stellen Sie sich vor«, sagte Reznikoff zu Dembo in deren Interview, »Sie machen eine Zeugenaussage in einem Fahrlässigkeitsvergehens-Fall. Sie können nicht in den Zeugenstand gehen und sagen, ›Der Mann hat fahrlässig gehandelt‹. Das ergibt sich aus den Tatsachen. Was Sie sagen müssen, ist, wie der Mann handelte. Hielt er an, bevor er die Straße überquerte? Sah er nach rechts und links? Die Richter darüber, ob er fahrlässig handelte oder nicht, sind in einem solchen Fall die Jurymitglieder. Und die Richter über das, was man als Dichter sagt, sind die Leser. Das bedeutet, es gibt eine Analogie zwischen dem Zeugnis vor Gericht und dem Zeugnis eines Dichters.«

Als ausgebildeter Rechtsanwalt (obwohl er seinen Beruf niemals ausübte) und über viele Jahre mit den Nachforschungen für eine juristische Enzyklopädie beschäftigt, verwendete Reznikoff die Verfahren der Rechtssprechung nicht nur zur Beschreibung des poetischen Prozesses, sondern grundlegender als ein ästhetisches Ideal. In seinem langen autobiographischen Gedicht »Die frühe Geschichte eines Schriftstellers« erklärte er, wie das Jurastudium ihm half, sich als Schriftsteller zu disziplinieren.

Ich erkannte, ich konnte die teure
    Maschinerie,
die mich vier Jahre harte Arbeit am
    Gesetz gekostet hatte,
und die ich für mein Schreiben
    nutzlos hielt, benutzen:
man mußte die Sätze aufbrechen, um
    ihre genaue Bedeutung zu sehen;
die Wörter abwägen, um
herauszufinden, welche Gehalt für
    meine Zwecke hatten
und den Rest wegwerfen wie leere
    Muscheln.
Auch ich konnte jedes Wort und jeden
    Satz prüfen
wie in einem Dokument oder die
    Meinung eines Richters,
und ebenso auf Ober- wie Untertöne
    hören,
nur das Prägnante, Notwendige, Klare
    und Schlichte übriglassen.

»Testimony: Die Vereinigten Staaten (1885–1915) Rezitativ« ist vielleicht Reznikoffs bedeutenste Leistung als Dichter. Ein leises und dabei ganz erstaunliches Werk, so trügerisch in seiner Gemachtheit, daß es leicht als Dokument mißzuverstehen ist, und nicht als Kunst. Es ist gleichzeitig eine kaleidoskopische Vision amerikanischen Lebens und der ultimative Test von Reznikoffs poetischen Prinzipien. Zusammengesetzt aus kleinen, eigenständigen Fragmenten, ein jedes die Essenz eines tatsächlichen Gerichtsfalls, ist sein Gesamteindruck doch der einer extremen Kohärenz. Reznikoff will keine Lektion erteilen, keine Axt schleifen, keine Ideologie verteidigen: er will nur die Fakten präsentieren. Zum Beispiel:

Zum Zeitpunkt ihrer Hochzeit
hatte Andrew ungefähr fünfzigtausend
Dollar.
Polly hatte gar nichts.
»Er war zur Mine gefahren
und ich betete zu Gott, er würde
abstürzen
und sich das Genick brechen.
Ich hasse ihn.
Ich bekomme eine Gänsehaut, wenn
er mich anfaßt.«

»Andy, ich werde einen Brief
schreiben, der
kaltherzig wirken könnte:
du weißt, daß ich dich nicht liebe
wie ich sollte
und ich weiß, ich werde es nie
können.
Glaubst du nicht es ist besser,
du ließest dich scheiden?
Wenn du das tust,
muß ich das Haus in Denver nicht
verkaufen,
das Du mir geschenkt hast,
und ich werde dir die Farm in Delta
zurückgeben.
Wenn wir geschieden sind
und Du immer noch etwas für mich
fühlst und ich für dich,
werden wir wieder heiraten. Polly.«

*

Jessie war elf jahre alt, obwohl einige
sagten vierzehn,
und kümmerte sich um ein Kind,
das gerade anfing zu laufen –
und plötzlich riß sie dem Kind die
Windeln ab
und setzte das Kind in die heiße
Asche
auf der sie Aschenkuchen gebacken
hatte;
das Kind schrie
und sie schlug es auf die Wange.

Es wäre schwierig für einen Dichter, sich unsichtbarer zu machen als Reznikoff es in diesem Buch tut. Um einen vergleichbaren Zugang zur Wirklichkeit zu finden, müßte man bis zu den großen Prosa-Schriftstellern der Jahrhundertwende zurückgehen. Wie bei Tschechow oder dem frühen Joyce ist das Streben darauf gerichtet, die Ereignisse für sich selbst sprechen zu lassen, das exakte Detail herauszufinden, das alles sagt und dabei ermöglicht, daß so viel wie möglich ungesagt bleibt. Diese Art der Einschränkung verlangt paradoxerweise eine geistige Offenheit, die nur sehr wenige aufbringen: eine Fähigkeit, das Gegebene zu akzeptieren, ein Zeuge des menschlichen Verhaltens zu bleiben und nicht der Versuchung zu erliegen, ein Richter zu werden.

Der Erfolg von »Testimony« ist um so augenfälliger, wenn es neben »Holocaust« gestellt wird, einer weitaus weniger zufriedenstellenden Arbeit, die auf vielen der gleichen handwerklichen Prinzipien fußt. Als Quelle benutzte Reznikoff die Veröffentlichung der US Regierung »Verfahren gegen die Verbrecher vor dem Nürnberger Gericht« und die Aufzeichnungen aus dem Eichmann-Prozeß in Jerusalem. Er versucht sich mit der Vernichtung der Juden durch die Deutschen in der gleichen leidenschaftslosen, dokumentatorischen Art und Weise zu beschäftigen, mit der er die menschlichen Dramen, die in den amerikanischen Gerichtschroniken verborgen liegen, erforscht hat. Das Problem, glaube ich, ist aber eines der Größenordnung. Reznikoff ist ein Meister des Alltags; er versteht die Ernsthaftigkeit kleiner Ereignisse und hat eine unheimliche Sympathie mit dem Leben der normalen Leute. In einer Arbeit wie »Testimony« schafft er es, uns die Tatsachen so zu präsentieren, daß wir sie gleichzeitig auch verstehen. Zwei Gesten, die nicht voneinander zu trennen sind. Im Fall von »Holocaust« aber wissen wir die Tatsachen alle im voraus. Der Holocaust, der wie nichts anderes das Unbegreifliche, Undenkbare ist, verlangt nach einer Behandlung jenseits der Tatsachen, um uns in die Lage zu versetzen, ihn zu verstehen – vorausgesetzt, daß so etwas überhaupt möglich ist. Ähnlich im Ansatz wie das Schauspiel »Die Ermittlung« von Peter Weiss aus dem Jahr 1960, weigert sich Reznikoff rigoros, ein Urteil über irgendeine der Greueltaten zu fällen, die beschrieben werden. Doch dies ist nichtsdestotrotz eine falsche Objektivität, denn das Gedicht sagt nicht zum Leser: »Entscheide selbst«, es sagt, daß die Entscheidung bereits gefällt worden ist und daß die einzige Art und Weise, wie wir mit solchen Dingen umgehen können, darin besteht, sie von ihrem inhärenten emotionalen Schauplatz zu entfernen. Das Problem ist, daß wir sie nicht entfernen können. Dieser Schauplatz ist ein notwendiger Anfang.

»Holocaust« ist jedoch trotzdem aufschlußreich, weil es uns die Grenzen von Reznikoffs Werk aufzeigt. Ich meine nicht Unzulänglichkeiten – aber Grenzen, jene Dinge, die hervortreten und einen Raum beschreiben, eine Welt kreieren. Reznikoff ist im Wesentlichen ein Dichter des Nennens. Man hat nicht den Eindruck einer Lyrik, die tief in die Sprache eintaucht, sondern von etwas, das vor der Sprache stattfindet und seine Früchte in genau dem Moment trägt, in dem Sprache entdeckt wurde – und sie prägt einen Stil, der ursprünglich, streng, fast steif in seinem Bemühen ist, genau das zu sagen, was er sagen will. Wenn man ein Wort wählen will, um Reznikoffs Werk zu beschreiben, wäre es Bescheidenheit – gegenüber der Sprache und gegenüber sich selbst.

Ich fürchte mich
wegen der Torheit
mit der ich gesprochen habe.
Ich muß mich
mit Schweigen auf Diät setzen;
mich selbst
mit Stille stärken.

Es kann kein einfaches Leben für Reznikoff gewesen sein. Während der vielen Jahre, die er dem Schreiben von Gedichten gewidmet hat (seine ersten Gedichte wurden 1918 veröffentlicht, als er 24 Jahre alt war, und er publizierte bis zu seinem Tod 1974 immer weiter), litt er unter einer Mißachtung, die so absolut war, daß es fast ein Skandal ist. Er war gezwungen, die meisten seiner Bücher privat herauszugeben (viele von ihnen druckte er selbst), und mußte gleichzeitig dem ständigen Überlebenskampf standhalten.

Nachdem ich den ganzen Tag für
  meinen Lebensunterhalt gearbeitet
  hatte,
war ich müde. Nun hat meine eigene
  Arbeit einen weiteren Tag verloren,
dachte ich, fing aber langsam an,
und langsam kehrte meine Kraft zu mir
  zurück.
Gewiß, die Flut kommt zweimal am Tag.

Erst als er schon fast siebzig war, erlangte Reznikoff ein gewisses Maß an Aufmerksamkeit. New Directions publizierte eine Ausgabe ausgewählter Gedichte, »By the Waters of Manhattan«, dem ein paar Jahre später der erste Band von »Testimony« folgte. Aber trotz des Erfolgs dieser beiden Ausgaben – und einer wachsenden Leserschaft seines Werkes – sah sich New Directions veranlaßt, Reznikoff von der Liste seiner Autoren zu streichen. Weitere Jahre verstrichen. Dann brachte 1974 Black Sparrow

Press »By The Well of Living & Seeing: New & Selected Poems 1918–1973« heraus. Wichtiger noch verschrieb sich der Verlag der längst überfälligen Aufgabe, Reznikoffs Gesamtwerk erneut zu drucken. Unter der umsichtigen und einfühlsamen Herausgeberschaft von Seamus Cooney umfaßt die Reihe bislang die Bände »Complete Poems«, »Holocaust«, »The Manner Music« (eine posthume Novelle), die ersten beiden Bände von »Testimony« mit weiteren Bänden von »Testimony« in Planung, sowie einen Band mit gesammelten Theaterstücken.

Wenn Reznikoff auch sein Leben in Unbekanntheit verbrachte, in seinem Werk gibt es nicht den leisesten Anflug von Groll. Dafür war er zu stolz, zu beschäftigt mit dem Werk selbst, um sich mit dessen Schicksal in der Welt zu sehr zu beschäftigen. Selbst wenn Menschen jemandem, der leise redet, nur langsam zuhören, wußte er, daß er schließlich doch gehört werden würde.

Te deum

Nicht wegen der Siege
singe ich,
der keine hat,
sondern für den einfachen
    Sonnenschein,
die Briese,
die Gabe des Frühlings.

Nicht für einen Sieg
sondern für das vollbrachte Tagwerk,
so gut ich es vermochte,
nicht für einen Sitz auf dem Podium
sondern am einfachen Tisch.

Paul Auster

ist einer der erfolgreichsten amerikanischen Autoren der letzten Jahre. Einem breiten Lesepublikum wurde er durch seine drei Kriminalgeschichten *City of Glass* (1985/dt. *Stadt aus Glas*), *Ghosts* (1986/dt. *Schlagschatten*) und *The Locked Room* (1986/dt. *Hinter verschlossenen Türen*) bekannt, die als Sammlung 1987 unter dem Titel *The New York Trilogy* (dt. *Die New York-Trilogie*) erschienen und auch die Aufmerksamkeit der Kritik auf sich zogen. Zuvor hatte er, der am 3. Februar 1947 in Newark, N. J., geboren wurde, Gedichte und Essays in verschiedenen amerikanischen Zeitschriften sowie zwei Gedichtbände veröffentlicht. Nach dem Erfolg der Trilogie verlegte er sich mehr und mehr auf Prosa: 1988 erschien *In the Country of Last Things* (dt. *Im Land der letzten Dinge*), ein Jahr darauf *Moon Palace* (dt. *Mond über Manhattan*), wiederum zwei Jahre später *The Music of Change* (dt. *Die Musik des Zufalls*), ein Roman, der 1993 auch verfilmt wurde. Paul Auster schrieb selbst Drehbücher für Filme, die auch in Deutschland Publikumserfolge wurden: *Smoke* (1995, Regie: Wayne Wang), *Blue in the Face* (1995, auch Regie zusammen mit Wang) und *Lulu on the Bridge* (1998, auch Regie). 1992 folgte sein Roman *Leviathan*, 1994 *Mr. Vertigo* und 1999 der Roman, der seinen Ruhm als Romanautor auch in Deutschland endgültig festigte: *Timbuktu*. In diesem Jahr erschien in Deutschland sein Gedichtband *Vom Verschwinden. Disappearances*.

Paul Auster lebt mit seiner Frau Siri Hustvedt, einer ebenfalls renommierten Romanautorin, in Brooklyn, N. Y. C., und in Townsend, Vermont.

Charles Reznikoff

schrieb 1975 über sein Leben:

Ich wurde 1894 in Brooklyn geboren. Als ich sechzehn war, verbrachte ich ein Jahr auf der Journalistenschule der Universität von Missouri und fand heraus, daß Journalismus mehr mit Nachrichten als mit Schreiben zu tun hat und daß ich – um das alte Bonmot zu gebrauchen – mehr daran interessiert war, daß der Hund den Mann beißt als der Mann den Hund. Danach wollte ich nur noch zu Hause bleiben und schreiben, aber meine Eltern waren der Meinung, daß Ausbildung etwas sehr Hilfreiches sei. So ging ich auf die Rechtsschule der New Yorker Universität, weil dort der Lehrplan nur zwei oder drei Stunden Anwesenheit täglich vorsah. Dennoch nahm mich das Jurastudium so gefangen, daß mir wenig Zeit zum Schreiben blieb. Ich graduierte 1915 und wurde als Rechtsanwalt im Staat New York zugelassen, doch nach einigen Monaten hatte ich nur wenige Klienten, und so schien es mir, als hätte ich als Handlungsreisender mehr Zeit und mentale Kraft. Das erwies sich zwar als richtig, doch zwang mich der Beginn der großen Depression nach dem Ersten Weltkrieg, eine Stelle als Bearbeiter und Mitherausgeber einer Enzyklopädie des Rechts für Juristen und andere redaktionelle und schreibende Tätigkeiten anzunehmen.

Ich war immer – und bin es noch heute – mehr an Lyrik interessiert als an Prosa, und es schien mir besser, das, was mir zu schreiben gelang, im Eigenverlag zu publizieren, um es mir von der Seele zu schaffen, als einer gnädigen Zeitschrift oder einem Verleger nachzujagen. Nach einiger Zeit erschienen einige meiner Privatdrucke in *The Objectivist Press*, die Louis Zukofsky, George Oppen und ich gegründet hatten, um unsere eigenen Bücher herauszubringen – obwohl dann unsere erste Publikation ein Band mit Lyrik von William Carlos Williams war.«

Charles Reznikoff starb am 22. Januar 1976 in New York, während der Drucklegung des ersten Bandes seiner *Complete Poems*

(Black Sparrow Press). Die vorliegende Auswahl von Paul Auster ist der erste Gedichtband Reznikoffs in deutscher Sprache.

Sämtliche Gedichte des vorliegenden Bandes sind folgendem Originaltitel entnommen:

Charles Reznikoff, Poems 1918–1975:
The Complete Poems of Charles Reznikoff
Black Sparrow Press

Inhalt